문학과지성 시인선 575

내 삶의
예쁜 종아리

황인숙 시집

문학과지성사

문학과지성사에서 펴낸 황인숙의 시집

새는 하늘을 자유롭게 풀어놓고(1988)
슬픔이 나를 깨운다(1990, 개정판 1994)
우리는 철새처럼 만났다(1994)
나의 침울한, 소중한 이여(1998)
자명한 산책(2003)
리스본행 야간열차(2007)
못다 한 사랑이 너무 많아서(2016)

문학과지성 시인선 575
내 삶의 예쁜 종아리

초판 1쇄 발행 2022년 11월 4일
초판 2쇄 발행 2022년 12월 16일

지 은 이 황인숙
펴 낸 이 이광호
주 간 이근혜
편 집 허단 김필균 이주이 방원경 윤소진 유하은
펴 낸 곳 ㈜문학과지성사
등록번호 제1993-000098호
주 소 04034 서울 마포구 잔다리로7길 18(서교동 377-20)
전 화 02)338-7224
팩 스 02)323-4180(편집) 02)338-7221(영업)
전자우편 moonji@moonji.com
홈페이지 www.moonji.com

ISBN 978-89-320-4060-8 03810

문학과지성 시인선 575

내 삶의 예쁜 종아리

황인숙

시인의 말

'11월'이란 제목이 셋이다.
번호를 붙일까 생각했지만, 모양이 거슬린다.
'십일월'로 고칠까? 어쩐지 진중하고 격 있어 보이는데……
아무래도 아직은 '11월'이다.
이랬다저랬다, 돌아보는 시들을 묶는 마음.

2022년 가을
황인숙

내 삶의 예쁜 종아리

차례

시인의 말

해설

내 삶의 예쁜 종아리

오르막길이
배가 더 나오고
무릎관절에도 나쁘고
발목이 더 굵어지고 종아리가 미워진다면
얼마나 더 싫을까
나는 얼마나 더 힘들까

내가 사는 동네에는 오르막길이 많네
게다가 지름길은 꼭 오르막이지
마치 내 삶처럼

이렇게 가는 세월

친구들이 번갈아 전화를 한다
큰일이다 큰일, 너 얼마나 더우냐!
땀을 줄줄 흘리며 나는
심드렁 서늘 대꾸한다
인생에 있어서 더위 따윈
아무것도 아니야
그럼 뭐가 아무걸까

하늘엔 비둘기
땅엔 개미 떼

기록적인 염천 여름에
더위 따위 아무것도 아니다?
그대들의 내 더위 걱정에
심란이 더해졌을 터

하늘엔 비둘기
땅엔 개미 떼

집을 나서자마자 비둘기들이
근심처럼 구차하게 나를 에워싸리
놀이터 풀숲에선 개미 떼가
검질긴 근심으로 바글거리리

개미 떼처럼 들러붙는 땡볕
허위허위 비탈을 올라가는데
푸득 푸드득 꾹꾸루꾸꾸
떡 하나 주면 안 잡아먹지!
비둘기들이 머리 위를
바싹 맴돌며 쫓아온다

비둘기들아 좀 훨훨 날아,
훨훨 날아가버리려무나

벌써 입추
이제 곧 시들부들 바람
쏜살같이 힘 붙으리, 얼어붙으리
그러니 이 더위도

마냥 붙들고만 싶어라

더위 따윈 내 인생에서
아무것도 아니라네

전철을 기다리며

그리 길지 않은 에스컬레이터가
그리 빠르지 않게 내려온다
구물구물구물
내려오는 계단
거슬러
뛰어 올라가고 싶어
발바닥이 근질거리자
에스컬레이터, 속도를 높이네
저 속도쯤 이길 것 같은데
실패하면 꼴불견
두 손으로 앞을 짚은 채
엉덩이를 빼고 주르륵
성공한들 꼴불견
나이 든 여자가
저 무슨 짓인가고
이 사람 저 사람 흉을 보겠지

구물구물 에스컬레이터 계단
끝없이 내려온다

어디 한번

올라와보시라고

Spleen

이 또한 지나갈까
지나갈까, 모르겠지만
이 느낌 처음 아니지
처음이긴커녕 단골 중에 상단골
슬픔인 듯 고통이여, 자주 안녕
고통인 듯 슬픔이여, 자꾸 안녕

친구의 엑스와이프

친구의 엑스와이프가
보고 싶을 때가 있다
그것도 무척이나
나한테나 잘해!
친구는 입을 비죽거리겠지만
너는 아무 때나 흔해터지게 볼 수 있고,
네 엑스와이프는 이제
만나기 힘들어졌지
너 때문에!
헤헤, 특유의 애교스러운 웃음소리 귀에 선한데
잘 웃는데 어딘지 슬퍼 보인 얼굴 눈에 선한데
친구 앞에선 이름도 꺼낼 수 없다
나를 엑스친구 만들까 봐서

친구가 사랑했던 친구의 엑스와이프
다른 사람 아내 된 지 좀 된
친구의 엑스와이프

오늘 할 일

바람, 파람, 휘파람
변기 뚜껑 내리고 걸터앉아 멍때리다가
문득 휘파람 불어본다
내친김에 곡조를 붙여볼까
잘 될까 몰라
심호흡한 뒤 입술에 힘주고
나오느니 웬
봄처녀 제 오시네
머리카락 엉켜서 바짝 마른
욕실 바닥 내려다보며
새 풀옷을 입으셨네
휘와 바람이 따로 놀고
숨 가쁘다
휘파람, 파람, 바람
청소부터 하자

빈사의 백수

남산 위에 저 서울타워
파르라니 빛나고나
바람 많이 불어서
산꼭대기 공기 맑을 테다

아, 왜 이렇게 답답하지
맑고 푸른 저 빛의 빨대를
확 휘어 당겨
빨아 들이켜고 싶고나

오늘 밤 휘이휘이
산에 올라가볼까
그런다고 내 속이
뻥 뚫릴까

죽은 사람은 외로워

— 나 아무래도 안 좋은가 봐.
　　꿈도 이상한 꿈만 계속 꾸고.
　　어제는 생전 안 나타나던 길순이가
　　명림이랑 같이 집에 온 거야. 깜짝 놀라서
　　"길순아, 너 죽었잖아?!" 그랬다?

조직 검사 결과를 며칠 앞둔 언니가
겁먹은 목소리로 전화했다.

— 동네 의사가 괜찮을 거라 했다며?
　　마음 편히 가져.
　　너무 불안해하니까 당연히 그런 꿈을 꾸지.
　　그나저나 죽은 사람한테
　　"너 죽었잖아?"라니, 잔인하다.
— 놀라서 그랬지 뭐. 이상하잖아.
— 그러니까 길순 언니가 뭐래?
— 몰라, 그러고 나서 깼어.

매일 30분씩 훌라후프 돌리기

한 시간 조깅

30분 수영

저녁 6시 이후는 금식

이렇게 사는 언니는 "죽는 건 무섭지 않은데……"라는 와중에

제 날씬한 몸매를 자랑하며 내 체중을 묻는다.

차마 바로 대지 못하고 좀 뺐는데도 언니가 기함을 한다.

──미쳤다, 너! 그럼 너 허리선도 없겠네? 어떡하니!

이 인간 오래 살겠네.

──그렇지, 뭐.

건강검진 받아라, 특히 대장 내시경을 해야 한다, 군것질 끊어라, 6시 이후에는 먹지 마라, 운동해라, 많이 걸어라, 땅콩은 백해무익이니 먹지 마라, 아몬드랑 호두 챙겨 먹어라 등등.

뜨끔하기도 하고 지루하기도 한,

피가 되고 살은 안 될 말씀을 들려주시느라 언니는 생기발랄해지고

즐겁게 말을 늘이다가

이제 수화기 들고 있기 힘들다는 내 호소에 깔깔 웃
으며
"그래, 오래 통화했네!"
끊기 힘들어서 받기 두려워라, 언니의 전화.

나는 진심,
길순 언니 대답이 궁금했다. 우리가
죽은 사람을 만나는 걸
꺼리지 않는다면, 무서워하지 않는다면
죽는 게 그렇게나
무섭지 않을 텐데.

11월

지붕 위에 떨어진
잔 나뭇가지들을 밟고
숨을 참던 저녁노을이
퍼진다

비탈 찻길 건너
골목길 따라
빨간 그림자가 지나간다
하나, 또 하나

웃고 싶다
왜 웃어야 하지?
그래도……

발갛게 한숨

11월

재래시장 안의
공중화장실 수도에서 쏟아지는 물이
아, 따뜻하다
온수 시설도 안 돼 있는데

찬바람이 몰아쳐
날이 확 추워졌는데
물은 미처
차가워질 시간이 없었다

얼어붙은 내 몸
얼어붙은 내 맘

눈물은
뜨겁다

검고 붉은 씨앗들

고요한 낮이었다
"주민 여러분께
쌀국수를 나눠드립니다!
서두르세요, 서두르세요!
이제 5분, 5분 있다가 떠납니다!"
집 아래 찻길에서
짜랑짜랑 울리는 스피커 소리
나는 막 잠에서 깬 부스스한 얼굴로
슬리퍼를 꿰신고 달려 내려갔다
동네 아줌마 아저씨 할머니 할아버지가
서른 명 남짓 모여 있었다
가만 보니, 마이크를 든 남자가 번호를 부르면
번호표를 쥔 손을 번쩍 든 사람한테
파란 야구 모자를 쓴 남자가
비누도 주고 플라스틱 통도 줬다
어머나! 내가 눈이 반짝해서
파란 야구 모자 남자한테 번호표를 달라고 하자
그는 나를 잠깐 꼬나보더니
'에라, 인심 쓴다' 하는 얼굴로 번호표와 함께

인삼 씨앗 다섯 알이 든 비닐 봉투를 건넸다
벙싯벙싯 웃고 있는 아줌마 아저씨 할머니 할아버지에
섞여서
나는 벙싯벙싯 두근두근하다가
특별 할인가로 홍삼 세트를 받게 된 할아버지가
파란 야구 모자 남자한테 어디론가 이끌려가며
어정쩡히 걷는 뒷모습을 일별하고
터덜터덜 집으로 발을 옮겼다

요 희끄무레 바싹 마른 씨앗에서
싹이 나고 잎이 나고 인삼이 난단 말이지?
나는 생전 처음 보는 인삼 씨앗을 신기해하며
긴가민가 들여다보다가 책상 서랍에 넣어두었다
그때 내 책상 서랍에는 키 작은 해바라기 씨앗 봉투,
나팔꽃 씨앗 봉투,
채송화 씨앗 봉투, 금잔화 씨앗 봉투도 있었다
봉투에 인쇄된 모습으로만 내게 꽃을 보여줬던 씨앗들

그 책상은 이제 없다

씨앗들은 다 어디 갔을까
얼마나 많은 꽃씨들이
얼마나 많은 서랍 속에서
잠들어 있을까, 싹틔우는 꿈으로
몸을 뒤척이고 있을까

겨울 이야기

부글부글 부글거리며

눈이 부글부글

부글거리며 끝없이 밀려와 쌓여

붕붕 바람을 타고

쌩쌩 바람을 타고

북극 바람을 타고

바람과 바람나서

솟구치고 내리꽂히고

까맣게 하얗게 뭉게뭉게

거죽이 터져라고 웅크린 작은 뼈들을

한입에 삼킨

그때, 네 눈이

진작 감긴 뒤였다면 좋겠다

(살짝 사시였던 우리 카추샤

내가 예쁜이라고 불렀던)

그 며칠 전부터

어딘지 풀 죽고 근심에 찬 얼굴이었는데

나는 마음에 두지 않았지

횡雪수雪

이 무슨 눈물 없이는 읊을 수 없는
판타스틱 호러 멜로 같은
다큐란 말이냐
이후로 널 볼 수 없었다
아기 때부터 나를 졸졸 따라다니다가
젖은 길바닥에서도 얼은 길바닥에서도
발랑 배를 뒤집어 보이며 뒹굴던
삼색 고양이
하루 이틀 사흘도 긴데
일주일 넘어 열흘도 더 지났다
그동안 날씨는 이례적이었다는 따뜻함이었다
내 강철 얼음 심장
햇살 한 올 한 올에 금이 가고
서걱서걱 서러웠다

어젯밤에는 주먹으로 내리치는 것보다 더한
극악한 욕설처럼 바람이 불었다
나는 마주 욕을 퍼부었다
이제 나는 바람도 미워하는구나

모든 기후가 밉고 서럽구나
빳빳하게 굳은 골목골목
고양이 한 마리 보이지 않고
여기저기 빈 그릇이 굴러다녔다
네 걱정은 이제 안 해도 되겠다는 생각에 이어
빳빳이 굳은 네
한 겹 더 얼어가는 몸이 떠오르고
그런 네 몸뚱이를 들썩거리게 할 칼바람
어느 쪽이 더 서러운지 시려운지
너는 겨우 네 살이었다

삼색 고양이는 거의 다 암컷
재작년엔가 겨울 아침
조간신문을 집어 오려 현관문을 열었을 때
깜짝 놀랐지
내 옥탑방 철제 계단 위에
새끼 고양이와 함께 네가
막막하고 철딱서니 없는 얼굴로 웅크리고 있었다
너는 화들짝 계단을 달려 내려가고

꼬맹이 깜장 고양이가 네 뒤를 쫓아갔지
그날도 징글징글 추웠는데
새끼한테 밤을 보내게 한 데가 기껏
한데 맨땅보다 더 차가웠을 철제 계단이라니
그날따라 문 앞에는 신문지 한 장 없고
깡깡 언 신발뿐이었지
너처럼 못난 어미가 있을까
나도 아이를 낳았으면
너만큼이나 대책 없는 어미였을 거라는 생각을 했다
너나 나나
이 무슨 헛웃음 없이는 읊을 수 없는
짬뽕 뽕짝 같은
삶이란 말이냐
죽음이란 말이냐

살아내느라 애썼다
미안하고 고맙고 대견하다
쨍한 햇빛 아래서는 눈을 바로 못 뜨면서도 생글생글
웃던

생기발랄 애교 만점 삼색 고양이

다시는 볼 수 없네

공허와 공간
── 젊은이의 음지

노래방도 호시절 다 갔다는데
거기
울음방이나 차려볼까
비명방이나 차려볼까
누가 그렇게 욕을 처먹어가면서
급기야 자기 자신에게마저
중얼중얼중얼
나쁜 소리나 들어가면서
더 급기야는 제 팔자와 세상에
저주를 퍼부으면서
사느냐고 물으신다면
말을 잃고 구멍 나는 마음들
앞을 봐도 뒤를 봐도
구멍들 아른아른 비치는 얼굴들
마음속에는 얼마나 많은 아름다움이,
아름다움에의 갈망이 숨어 있는 것일까
그래서 더욱
구멍 빽빽한 마음들

그 동네 어느 심야

고양이만 지나가도 저러더니
택시만 지나가도 저러더니
눈이 와도 저러는구나
한국어로 영어로
CCTV 작동 중이라고
너는 가비지라고
페널티라고
종량제 봉투 하나 없이
검정 봉투 노랑 봉투 찢어진 봉투
수북수북 쌓인 제 발치 째려보면서
전봇대 여인 낭랑한 목소리로 따박따박
아랑곳없이 눈은 투척되고
성능도 좋아, 여인은 지치지 않고 경고하고

하늘이 터진 듯 눈 쏟아져 내렸다
언젠가 눈은 그치겠지만
그 동네 사람들은 그치지 않지
주민 승!

아까운 밤이 간다

복아, 옛날에 명랑이랑
말을 꺼내다 울컥
창밖엔 북풍이 윙윙거리고
제니를 물어뜯으러 달려가는 보꼬를 붙잡아
목덜미를 턱으로 내리누르고
난롯가에 엎드려서
앙알대는 보꼬를 다독거리며
복아, 옛날에 명랑이랑
(란아랑 오순도순
난롯가에 퍼질러 누워서
우리 좋았잖아)
말 꺼내다 울컥
(그러니까 복아,
제니랑도 그렇게)

이 밤도 가겠지
이 밤도 그립겠지

길
— 여름

머리꼭지 위에서
해가 이글이글
키 큰 사람도 키 작은 사람도
똑같이 뭉툭 그림자
발치에 모여 있는 시간
횡단보도 앞 보도블록에 때려 박힌 듯
발을 떼며 비로소 입이 열린다
—사거리도 아니면서 신호 바뀌는 시간이
　　왜 이렇게 긴 거야?
—그러게, 삼거리도 아니면서 일거리면서
일거리, 이거리
이거리란 어떤 걸까
짧은 잡담도 지쳐라
아랫도리 홀랑 내놓고 대로에 도열한
그늘 한 점 없는 가로수를 스쳐
터벅터벅 걷는다
식당에 앉았다 나온 지 얼마 되지 않았는데
친구 걸음이 무겁네
명랑을 다해 나는 재재거린다

─오르막길 싫지? 내려가게 될까 봐

　내리막길 싫지? 올라가게 될까 봐

친구는 고개를 *끄덕끄덕*

─그럴 줄 알았어! 이 길은 평평해서 그나마 낫지?

끄덕끄덕

왼쪽은 8차선 대로, 오른쪽은 건물들 뒤로 철길

샛길이 나올 때까지 벗어날 수 없다

머리꼭지 위에서 해가 이글이글

여름 좋다는 것도 사치였네

낯선 여름이 지글지글

여름 같은 여름

부릉부릉 자동차들 지나다니는
남산 순환도로 옆 풀숲
얼룩 뱀 같구나
얼룩 뱀 허물 같구나
빛바랜 예비군복 입고 잠든 이
꿈속에서도 푹 주무시기를

저 아래
말뚝 같은 빌딩들의
후끈한 정수리 위
하늘 저 멀리
바람에 펄럭이는 서커스 천막
같은 뭉게구름

길
— 포플러 이파리는

오후 수업 시간
창 너머로 먼 듯 가까운 듯
포플러 나무들 바라보면
가슴 설레었다
그 아래를 하염없이 걷고 싶었다
수업이 끝나면 죄다 잊어버려
한 번도 찾아간 적 없지만

안 가봤어도 알겠다
변두리 중학교 근처 옛날 동네 찻길
길바닥에는 쓰레기 날리고
지붕 낮은 집들 먼지를 뒤집어쓰고 있지
키만 삐죽 큰 비쩍 마른 포플러들
우듬지는 반짝반짝
그 반사경이 비추는 건 허공
지나온 길들이 그랬다

이제 나는 길을 좋아하지 않는다고
생각하니 사방에서
길이 무너진다

꿈

── 알아요? 오늘 입춘인 거?
── 아, 입춘이군요.
입춘인가…… 깨어보니 12월
동지도 먼 12월
그런데 나
누구랑 얘기한 거지?
꿈이라고 원
이제 막 인물도 생략하고
대사만 뜨는구나
생시도 그다지 다를 바 없네
꿈 없는 꿈
꿈 없는 삶
한 모금도 꿈 없는
시
하하, 무념무상!

나도 모르는 사람

자려고 한 건 아닌데
자서는 안 됐는데
방바닥에 잠깐 누웠다가
손 닿는 데 있는 책을 잡아당겨
두어 페이지 읽다가
하필 읽은 책이네
이 부분은 생경하군
두어 페이지 더 읽다가
깜박 잠이 들었다
옹색하게 외로 누워

문득 이마께쯤
뼈로 된 얇은 막 한 장 건너편에서
지척인 듯 아득히 먼 곳인 듯
코라도 되게 골았을까,
그 끝에 딸려 나왔을 신음 소리
도중에 잘린 듯한

너무 고된 소리

너무 늙은 소리
한없이 낯선 소리

아, 얼마나 고적한지
마치 내가
나도 모르는 사람 같다

장터의 사랑

난 불안도 불면도 없어요
세상엔
미끄러지고 나동그라지고
뒤집힌 풍뎅이처럼 자빠져
바둥거리는 맛도 있다우

누군 죽어 지내는 맛도 있다지만
나는 그런 맛 몰라

무식한 건 무서운 거야
벽을 문처럼
까부수고 나가는 거야

난 그렇게
이겨왔다우

내 집 앞

아무 소리도 내지 않던 녀석이랑
꿍꿍꿍, 웅웅웅,
응석 같고 투정 같은 콧소리를 들려주던 녀석
집 앞에 어렵사리 놓아둔 겨울집에서
병약한 두 녀석이 함께 지냈지
용케 겨울을 버텼다고 생각했는데
악랄한 막바지 추위가 뒤통수를 쳤다
아무 소리 내지 않던 녀석이 먼저 자취를 감췄고
사흘 뒤부터 응석꾸러기가 보이지 않았다
혼자 남아 얼마나 더 추웠니?

내가 어떻게 해야 했을까
그날 새벽
즉시 얼어붙는 밥이나 놓고
차 밑에서 *꿍꿍꿍, 웅웅웅,* 하소연하는 너를
손도 뻗어보지 않고 손 닿지 않는다고
그냥 두고 내 방으로 올라왔다

얼굴들, 소리들, 몸짓들

저릿저릿 선연한데
이제 나를 따라오는 소리 없네
다시는 오지 않을 것이네
다시는 오지 못할 것이네

빈집에 온돌을 넣어둔다
왜 진작에!?
검은 바람이 웅크리고 있는 차 밑에
부질없이 밥을 욱신욱신 욱여 담아놓는다
후회 가책 통렬한 슬픔……
다 맞지만 그보다도
가장 고통스러운 건 그리움이네
얼마나 보고 싶은지
응석꾸러기의 끙끙 소리를 듣고 싶은지

너 왜 밥 먹다 말고 내 뒤를 따라왔었니?
골목쟁이 비탈을 내려가면서 나는 자꾸 뒤돌아본다
숨바꼭질하듯 따라오던 너
이제 영영 숨어버렸네

누수 타임

똑똑 소리도 졸졸 소리도
들리지 않았지
그래도 삶은
이어졌으니까
이제 두 시간만 지나면

한 시간 58분만 지나면
한 시간 57분만 지나면
지나겠지, 지난 것처럼

주먹을 쥐었다가
폈다가
손바닥을 쫙 벌렸다
손가락 사이로 빠져나가는 게
아무것도 없네
없는 것 같네
다시 주먹 쥐고
가위 펴서
보아하니 가위라는 게

권총 모양이로군

탕! 탕! 탕!
텅! 텅! 텅!
턱, 턱, 턱,
어딘가 안 보이는 곳 이미
흠씬 물 먹었을 거야
언제부터? 어디, 어디?
싱크대 아래 벽도 좀 질척거리는 것 같고
퍼석거리는 것도 같고
사방 간 데 누수
시시각각 누수

울어도 삶은
이어지겠지

빈자貧者의 숲

바싹 마른 새들
바스락거리는 중얼거림
수십 죽씩 매달려 있는 나무들
양광陽光에 발가벗겨진
앙상한 회백색 몸뚱이들

피 묻은 발자국
절룩거린 발자국
발자국 깊어지는 낙엽 더미 위에
다양한 사은품과 푸짐한 혜택
신의 숨결에 실려 온 양
살포시 놓인
전단지 한 장

시간이 뭉게뭉게

때는 40여 년 전, 지난 세기 70년대 중반 초가을
곳은 군산 바닷가 마을
       논 한가운데 지은 지 서너 해 된 여자중학교
       어느 중2 교실

선생님이 들어서자마자 창가에 가서
담배 한 대를 피우셨어요 (그때는 그래도 되는 시절이
었지요)
워낙 골초셨거든요
비가 오면 발이 푹푹 빠지는 진창 운동장
그 너머로 사방 허허벌판
바다에서 오는 건지 바다로 가는 건지
하늘엔 뭉게구름 흐트러지고 흘러가고
선생님이 교탁 앞에 돌아와 서자 학생들이 물었어요
──선생님, 담배를 왜 그렇게 피우세요?
──담배 피우면 뭐가 좋아요?
얼굴 해사한 총각 선생님
물상이랑 생물을 가르쳤는데
인기 최고였어요

─음,

선생님이 해사하게 미소 짓자

여중생들 가슴이 박하 마신 듯 화해졌어요

─담배는 말이다

　　배가 고플 때 피면 배가 부르고

　　배부를 때 담배를 피우면 소화가 잘 된다

─그리고요?

─혼자서 피우면 외롭지 않고

　　여럿이 있을 때 피우면 더 즐겁다

─그리고요?

─아플 때 피우면 덜 아프고

　　괴로울 때 피우면 위로가 된다

　　기운 없을 때 피우면 힘이 나고

　　집중이 잘 안 될 때 피우면

　　공부가 머리에 쏙쏙 들어오고

　　스트레스받을 때 피우면 마음이 안정되지

　　슬플 때 피우면 슬픔이 가시고

　　화가 날 때 피우면 화가 가신다

─아휴, 아주 만병통치약이네요!

―그렇지, 그래
여중생들 앞에 두고 하염없이 피어오르는
선생님의 담배 예찬이었지요
지금은 어디서 무얼 하시는지
살아는 계시는지

대로의 모차르트

찻길은 아주 넓고
보행 길도 넓다
신한은행 본점 지나
삼성빌딩 쪽으로 가는 길

하얀 보도블록 위에서
비둘기들 가는 종아리로
서로의 그림자 쫓아다닌다
태어나서 한 번도 잘 먹어본 적
없는 것 같은 어린 비둘기 세 마리
제 그림자들 말고는
아무 그림자 없는
하얗고 하얀 보도블록
햇빛이 하얗게 내려 쌓이고
비둘기들
소리 없이

음악이 흐른다
소리는 없다

나는 모차르트를 잘 모르지만
그래도 이 음악이 모차르트라는 걸 안다

나는 잘 지내요

누군가 물을 때면
어떻게 사느냐고 물을 때면
왜 울컥 짜증이 날까?
왜 시를 쓰느냐고 물을 때처럼
대답할 말이 생각나지 않기 때문이다
오래전에 한 선생님께서
대답을 가르쳐주셨는데 번번이 잊어버린다

어떤 행사장에서 마주친 선생님께서 물으셨다
"그래, 어떻게 지내나?"
'내가 어떻게 지내지?' 열심히 생각하느라 쩔쩔매는데
"그냥 잘 지낸다고 하면 돼!"
급기야 그분은 살짝 미간을 찌푸리시면서
답을 알려주셨다
나는 달아오르는 얼굴로 "아, 네……"
몇 년 뒤 다른 행사장에서 그분을 마주쳤을 때
"예, 잘 지내요."
웃으면서 얼른 대답드리자 그분도 웃으시며 고개를 끄
덕였다.

나는 잘 지내요
틈틈이 삽니다만……

또 사라져가네

30롤 화장지 세트 쌓여 있던
가게 앞 매대가 텅 비었다
내가 그토록 좋아하는
껍질 땅콩도 일주일 지나도록 안 들여놓고
선반 여기저기
어딘가 점점 단출해지더니
가게를 내놨단다
마음 한구석이 휑해지는데
그대는 더하겠지
기억하나 모르겠지만
내가 그대를 처음 봤을 때
갓 제대를 했었던가,
그대는 풋풋하게 어린 모습이었다

스물다섯 해 남짓 드나들던 가게
총각 형제 둘이 24시간 열던 가게
근처에 농수산물 할인점이 들어서고
편의점이 들어서고
언젠가부터 자정 무렵에 문을 닫았지

그대 형이 장가를 가고 아이를 낳는 동안
그대 삶은 그대로인데
모습도 그리 변하지 않았다

아, 왜 이렇게 섭섭하지?
부디 새 터전 일굴 힘을 모았기를!
나는 괜히
고구마 한 봉지랑 두부를 집어 들고
또 뭐 없나, 둘러보았다

링링 9월

남산 꼭대기에서 시작해
동네 비탈 고샅고샅 쏠려 내려온
쓰레기를 가리고
쓰레기가 가리고
무더기무더기 포대기
푸르죽죽 포대기 같은
플라타너스 이파리들
반나절 사이 길거리 곳곳
연잎 가득 퍼진 연못 같구나
버려진 우산인지 집 나온 우산인지
길바닥에 우산이 많기도 많다
무용 치마 뒤집힌 채 바닥에 누워
공중에 다리 차기 하다 멈춘
소녀들 같구나

남산 아래 맨 아래 큰길
불 꺼진 건물 현관 턱에 앉아
가까이 한 연못을 내려다보니
이미 누렇고

이미 바싹 마른 이파리가 태반이다
모진 바람에 솎아내진 자들
그 한가운데 나무를 올려다보니
가혹하다, 더 푸르청청해졌네

바람이 불어온다
링링 뒷자락
시원하다

지나간다

철컥? 털컥? 헐컥?

멈춰 서서 귀 기울인다

내 신발은 아니다

(나, 항상 제 발밑부터 살피는 사람)

저긴가?

저 앞 갓돌에 붙여 착착 포개진

많기도 한 석쇠들, 아니고

거기 기대듯 쌓아놓은 식기 거치대 부품들,

아니고 그 아래 도랑물 졸졸 흐를

철망 덮개, 아니고

그나저나 한 식당이

또 해체됐구나

조용히, 조용히

철컥? 털컥? 헐컥?

아직 새것들인데 착실히 분리해놓은

재활용 폐품 더미 옆에서

쫑긋 귀 기울인다

넓게, 멀리

철컥, 털컥, 헐컥,

찻길 한가운데
맨홀과 어긋난 뚜껑 위를
어떤 차는 철컥, 어떤 차는 털컥,
어떤 차는 헐컥, 지나가네
비로소 나도 지나간다
저 소리 노상 드나들던
식당 하나 지나가고

월광

"엄마, 빵!"
칭얼거리다 잠이 깼습니다
내 나이 다섯 살이었습니다
어머니는 세상 모두를 서늘한 눈빛으로 보았습니다
나에게만,
나에게만 따뜻하고 애틋한 눈빛이었지요
그 어머니의 얼굴을 아무리 떠올리려 해도
생각나지 않습니다
아, 이제야 알 것 같습니다
나는 어머니와 어떻게 헤어지게 되었나
엄마는 왜 나를 버렸을까
그것은 일생을 지배하던
내 궁금증이었습니다
나는 잠에서 깼습니다
어머니는 나에게 빵을 사다 주려다
변을 당한 것이었습니다
모르지요, 다른 것은 다 잘 모르지요

창백한 어머니의 창백한 공사장

창백한 달빛 아래서
어머니를 만나러 가며 나는 웃습니다
나는 어머니에게 버림받은 게 아니었습니다

그런데 그 빵,
여러 사람의 끌끌거림을 들으며 잡아챘던
그 빵 어디로 갔을까요
어미를 잃게 한 빵이라서
누군가 벌로 빼앗아갔을까요

발이 푹푹 빠지는 밤

길에도 나무에도
눈이 펑펑 내려 쌓여
눈이, 눈이 내리고 쌓여
발이 푹푹 빠지는 밤
이렇게 눈이 와서 아름다운데
이렇게 눈이 와서 부를 수 없네
그래!
얼른 나가보라 전화해야지
너 사는 집에도 눈이 오겠지
밤이 푹푹 빠지는
눈이 펑펑 쏟아지겠지

동자동, 2020 겨울

고요한 밤이었다
후암시장 초입이었다
오랫동안 임대되지 않은 빈 가게 앞
진열대의 스테인리스 상판에
사료 봉지니 햇반 그릇이니 물통을 늘어놓고
내가 늦은 건가 이른 건가
아직 오지 않은 고양이 생각을 하면서
고양이 밥을 꾸려 담고 있었다
이름 모를 이여
어쩌면 이름이 필요 없을 이여
나는 당신 얼굴을 제대로 보지도 않았으니
얼굴도 없는 이여
인기척에 돌아보니 당신이 비죽이 웃으면서
"좋은 거 담아 선물하세요"라고 했던가
"선물이에요. 좋은 데 쓰세요"라고 했던가
내게 은행 현금 봉투 몇 장을 내밀었다
나는 "고맙습니다"라고 한 뒤 더 할 말이 없는 채
얼른 시선을 돌리고 은행 현금 봉투를 만지작거렸고
그 짧은 사이 당신은 할 말이 남은 듯 머뭇대다가

시장 안쪽으로 걸음을 옮겼다
시장을 지나면 쪽방촌이 나올 것이었다

당신은 흐린 구름 같은 잠바를 입고 있었다
당신이 차마 꺼내지 못한 수척한 말을
나는 알아챘어야 했다
당신이 그것밖에 줄 게 없어서
'WON하는 대로
우리WON뱅크'
은행 현금 봉투 몇 장을 줬을 때
나는 답례를 했어야 했다

우리은행 현금 봉투 여섯 장
구김 없이 말끔했으니
당신은 그 얼마 전 우리은행 동자동 지점
ATM 창구에 들렀을 테다
추위를 피해 더위를 피해 간간
사람들을 피해 한밤에나 들렀을 거기

친구도 없고 가족도 없고
없는 게 많을 당신
통장도 신용카드도 없을 당신
환하게 불 밝혀진
텅 빈 ATM 창구에서
현금 봉투를 챙기는 당신을 떠올려본다
뭘 원해야 할지도 모를 것 같은
당신의 슬픈 경제

은행을 나와서 후암시장까지
고깃집횟집장어구이집국수가게만두가게차칸치킨치
킨센터
다닥다닥 늘어선 나지막한 건물들
9시가 한참 전에 지났으니   ·
불 꺼져 어두컴컴했을 테다
어떤 식당에서는 당신에게
착한 한 끼를 건네기도 했을지 모르는데

그 밤에 당신이 너무 배가 고팠으면

나는 어쩌면 좋은가
우리은행, 이제 내게 예사롭지 않네
낮고 외롭고 쓸쓸한
당신, 우리

밤의 발자국

저녁내 펑펑 눈 쏟아지고 깊은 밤
보안등 불빛 아래
나무들 분분 꽃 날리고

그네도 벤치도 땅바닥도
하얗게, 하얗게 덮인 놀이터
왔다가 돌아간 작은 발자국

얼마나 기다렸을까
나보다 먼저 다녀간 고양이

방파제에서

어디로 갔을까
해당화꽃 떠다니던
그 봄날의 바다
어디로 갔을까
노란 꽃잎 같은 작은 게들 싣고
한 걸음씩 들어왔다
한 걸음씩 뒷걸음치던
밀물과 썰물

어디로 갔을까
투명한 노란빛 어린 게들
곰실곰실 기어 다니던
흰 모래밭

어디로 갔을까
바다로 내려가는 길
굴러오는 파도들
내 발목에서 부서지던 물살

이제 바다는
가지도 오지도 않네
저 멀리 배 한 척
아주 오래전
바람에 날아갔던 하얀 모자

봄의 욕의 왈츠

"날이 따뜻해지니까 벌레만도 못한 놈들이
벌레처럼 기어 나오네!"

정말이지 나는
옹알이하는 젖먹이만큼이나
욕을 할 줄 몰랐다
지금은 할 줄 아는 게
욕밖에 없는 것 같다
방금도

동네 한 바퀴 돌고
돌아오는 길에 보니
고양이 밥그릇이 사라졌다.
나는 돌아버렸다
"어디서!"
어디선가 숨어서 지켜볼 노인 남자 들으라고
나는 목청을 높였다
"어디서 고양이 사료보다도 지능이 떨어지는 놈이!
번번이!"

골목이 떠나가라 소리를 질렀다
"지옥에 떨어질 거야!"
"저승길 편하려면 이렇게 살지 마세요!"
근처에서 서성거리다 다가온 고양이들이
나 때문에 겁먹고 시무룩해졌다.
"그래, 그래, 미안, 미안."

아, 이 좋은 봄밤
라일락 향기 속에서
나는 입에 마른 거품 물고 욕으로 목이 메네

북향

모든 것은 똥 때문이었다
그 집 대문 옆에 고양이 둘이 똥을 쌌다
원래 싸던 후미진 곳에 누군가가
철망을 길게 눕혀놓은 뒤부터

급기야 고양이 둘이 겨울을 나던 스티로폼 잠자리가
철망 위에 팽개쳐져 있기를 몇 차례
내가 제자리에 돌려놓기를 몇 차례
한숨을 쉬며 그 집주인은
자기 집 대문과 마주 보고 있는
고양이 집 입구를 돌려놓으라고 했다
그것이 북향
가장 바람 거센 북향
그 집 대문도 북향이었군

그 집 주인은 대문 옆 담장에
넓적한 거울을 기대어놓았다
고양이가 거울에 비친 제 모습에 놀라서
펄쩍 떨어지라고

그 거울도 북향

고양이 둘은 하나씩 북향으로 갔고

그 집 대문 앞 말쑥하다

고양이도 없고 똥도 없는

멜랑콜리아 1

"상완과 하완이 따로 움직이는 거
재밌어. 한번 경험해볼 만해.
제자리로 돌아온다는 보장만 있다면."

만취해서 길바닥에 쓰러지는 바람에 팔꿈치가
댕강 끊어진 친구가 병원 대기실에서 전화를 했다
연신 신음과 비명을 섞어 웃으며
웃으라는 건지, 울라는 건지

너는 서서 움직이니 넘어진 건가?
나는 전전반측, 넘어지지도 않지
그래도 친구야,
제자리 지키려 전전긍긍하는 것도 추하지만
상완 하완 자리는 지키고 살렴!

어느새 우리
내일은 없거나
거의 없다

삶과 개

저 사람이 저렇게
아름다운 개를 키워도 되는 걸까
제 한 입 먹이기도 힘들어 보이는
저렇게 불쌍하고 험상궂게 생긴 사람이
아, 저 아름다운 개를

털은 윤이 나고 눈빛은 그윽하네
귀한 혈통을 타고나서
잘 보살펴진 듯

콰지모도 같은 주인은 숭배하듯 개를 애지중지하고
개는 주인을 사랑하는 듯
하지만 쪽방촌 거리에서 너무 아름다운 개
그렇다면 뭐 아름답지 않은 개는
저 사람이 키워도 괜찮단 말인가
그러면 뭐 저 사람은
당최 아무 개도 키워서는 안 된단 말인가

시 쓰기의 어려움

잘생겨봤자 예뻐봤자
인간이 아닙니다
사람입니다,
라면 좋겠지만
사람이 아닙니다, 아마
구체 관절 인형입니다

혹은 사람입니다
사람입니다만
그렇고 그런
별 특색도 매력도 없는
그러니까 생기 시시한
그저 사람이네 싶은

참 어렵네요
아무리 어려워도
죽기 살기보다는
쉽겠지요

공허와 공간
— 심야 편의점

없는
혹은 없는 게 많은

구멍도 없는
구멍이 많은

괜찮아질 거야
잘 될 거야
좋아질 거야
수천 번
수만 번
되풀이되는
구멍들 둥둥 숭숭

폐기 삼각김밥을
씹어 삼키는

야속하고 애석한

정류장을 20미터여 남기고(20여 미터일 수도)
버스가 막 지나쳐 갈 때
야구 모자 눌러쓴 청년이 뛴다
그 버스를 잡아타려고
나도 뛴다
다음 버스는 놓치지 않으려고
놓쳐서는 큰일이어서

나는 민감하지
20여 분과 20분여 차이에
그러면서도 자주, 때로는 아주
늦는다
그 끝에 끝장난 당신
더 이상 기다리지 않고 끝!
이상 마치겠다고 했지

심란하고 심각하고 심심한 시

감색 잠바를 입은 남자들이
심란하고 심각하고 심심한 얼굴로
어정쩡 서성이던
어둑 저녁이 있었다
계도와 단속을 목적으로
공무 중인 공무원들이었다
쓰레기 무단 투척 상습 구역이란
이런 것이지, 아무렴
골목으로 들어서는 짧고 좁은 땅
한쪽 벽에는 자동차 한 대
맞은편 벽에는
크고 작은 검정 비닐 봉투들이
깨진 화분이니 플라스틱 통이니와 함께
무연고 무덤 모양으로
흐트러져 있었다
그 사이를 비집고 지나간
바퀴에 깔려
으, 터져서 내용물과 함께
납작해진 봉투도 어김없이

그 밤도 어디에서인가,
야채 가게인지 식당을 하는 사람은
잠시 차를 세우고
일정인 듯 하루의 부산물을 부려놓고 가고
쓰레기종량제 봉투
아닌 봉투들이 쌓였다
아, 그거 미화원분들 노동 착취인 거 몰라요?
아시겠지, 그러게 살금살금 버리시겠지
사실 나도
외출 길에 길바닥에서 수거한
고양이랑 강아지 응가가 든 비닐봉지를
살풋 거기 얹곤 했다
그럼 그걸 어떡하란 말이야?

참 길게 읽으시느라 지루하셨습니다
본 시의 의도는
계도나 반성이 아닙니다
이래 봬도 발견과 성찰의 시

부기: 어젯밤 그거 무엇이었을까? 비닐 봉투 안에
10리터는 돼 보이던데
누군가 퍽!
던진 듯 본때 있게 터진 데로
뭉글뭉글 굼실굼실 기어 나온
되직하고 축축하고 희멀건 그거
문득 내 삶 같다는
미끈거리는, 정체를 알 수 없는

강가에서

한강에는 큰 달이 하나
양 사이드에 수천의 작은 달

안명옥 시 「맨홀」이 생각나네
'지상의 길마다 박혀 있는 달을 본다'

천상에 박혀 있는
맨홀을 본다

강물 소리, 달에서 떨어지는 듯

어둠의 빛깔

쉽게 보낸 시절이
달리 떠오르지 않지만
태어나서 가장 힘든 것 같은
시간이었다
질척 어둠을 휘적휘적 걸으며
내뱉었다
"비참할 정도로 피곤하구나!"
비명을 지르면
좀 낫기도 해서

불행감에 격해져
쿵쾅쿵쾅
지하철 개찰구를 지나 계단을 내려가 플랫폼을
사납게 걷던 내 걸음이
덜컥, 제동 걸렸다
나는 감히 바로 보지도 못하고
천천히
그 앞을 지나갔다

서남아 사람인 듯 거무튀튀한

오십 줄 사내가 어깨를 움츠리고

외투 주머니에 양손을 찔러 넣고

긴 의자에 혼자

짙고 짙은 암갈색

환영처럼 앉아 있었다

밤늦은 시간인데

전철도 그 무엇도

기다리지 않는 얼굴로

눈을 뜰 수도

감을 수도 없는 악몽,

같은 적막에 싸여

나보다 더 어두웠던

노동자인 듯한 그 이방인

어디 사는지 모른다

심야 편의점 알바 청년이
어디 사는지 나는 모른다
그도 단골인 내가 어디 사는지 모른다
우리는 밤에 산다

청소차 꽁무니에 한 발 올려놓고
매달려가는 미화원
연둣빛 형광 조끼 안에 살지 않는다
어디 사는지 모른다
우리는 밤에 산다

어둠 속에서 기척 없이 다가와
앞을 가로막고 선 오토바이
기함을 하는 내게 "허허!" 웃으며
신문을 건넨다
신문 배달원은 내가 어디 사는지 안다
나는 그가 어디 사는지 모른다
얼굴도 모른다 어둠 속에서만 만나서
그도 내 얼굴을 모를 텐데

어찌 그리 잘 알아볼까
우리는 밤에 산다

밤에 살지만 우리는
밤이 어디 사는지 모른다
나뭇잎마다 깃들은 밤은
서두르지 않고도 날 밝기 전에
감쪽같이 몸을 숨겼다

아침은 갈 데 없는 얼굴

이 아침에 웬일이냐?
너는 집이 없구나
아니면 도처가 집이냐?
밤에는 졸졸 따라다니더니
날빛 속에서 너도 내가 낯선 게로구나
어색하게 뻗는 내 손을 피하면서
호동그란 눈에 긴가민가 겁이 어려 있다

우리는 밤에 산다

아침의 사람들이 오간다
어디 사는지 모르는 사람들이
누가 사는지 모르는 집들을 지나간다

어떻게 사는지 모른다

눈이 부시게 푸르른 날*
전깃줄에 근린주택 옥상 난간에
때로는 '큰 빛의 집' 담장 위에
줄줄이 앉아 있다가
일제히 우아하게 호를 그리며
힘차게 날아오는 광경!
나도 가슴이 살짝 벅차올라
웬 노래를 흥얼거린다
　　　　창공을 날으는
　　　　피죤의 날개처럼

내가 건네는 한두 줌 낟알도
그들에겐 놓칠 수 없는 양식
기껏 두어 마리 연명할 양인데
스물은 되는 너희, 어떻게 살아 있니?
　　　　숨은 손들 있으리
　　　　그 손들 내 손보다 크리

"이거 비둘기들 먹지?"

누가 버렸다면서
반 넘어 남은 묵은쌀 포대를
외출 나선 내게 안기며
폐품 줍는 할머니 환하게 웃으셨다

술꾼 남편에게 노상 맞고 살아
자줏빛 멍 가실 날 없는 얼굴
고부라진 등허리
간간 길에서 마주쳤는데

어떻게 사시는지
지금은 안 사시는지
못 뵌 지 서너 해

* 미당 시 「푸르른 날」에서 차용.

에세이의 탄생

당신은 어느 시간, 어느 장소건

갈 수 있습니다

살아 있는 사람도 죽은 사람도

멀리 있는 사람도 모르는 사람도

만날 수 있습니다

거미줄 위에도 앉고

알람브라궁전도 거닐 수 있습니다

당신 앞에 컴퓨터나

공책이 있기에요

때로 당신은 다른 사람의 삶을 들여다보고

때로는 다른 사람의 눈으로 지그시

당신의 삶을 볼 것입니다

당신이 컴퓨터나

공책 앞에 앉았기에요

당신 자신은 물론이고 다른 사람들,

어떤 동물, 어떤 식물,

바다, 바위, 조약돌, 모래알,

천공, 구름, 노을, 바람……

당신은 그들을, 혹은 그 속에서

살기를 시도하고
그러면서 새로 삶을 발견할 것입니다
뛰어드세요!
자꾸 멈칫대면
점점 더 무서워집니다
누가 뭐라겠습니까,
당신의 에세이
마음 가는 대로
시작되는 곳에서 시작하고
그치고 싶은 데서 그쳐도 그만입니다
무엇을 쓸까, 어떻게 쓸까
당신은 처음에 머리를 궁굴리고
다음에 글을 궁굴릴 것입니다
조마조마하면서
얼마나 즐거운 시간입니까
한 편 에세이를 쓴 뒤
당신은 번지점프라도 해낸 양 의기양양
한층 강하고 너그럽고, 아름답게 빛나고
세계는 넓어지기도

깊어지기도 합니다

여름의 목록 2

바닷가 모래밭
챙 달린 모자 쓰고
아이스크림 장수가 오고 김밥 장수가 오고
떡장수 오고 조가비 목걸이 장수도 오고
달궈진 모래처럼 햇살
하얗게 쏟아져 쌓이는
바닷가 모래밭
푹푹 발 빠지며 훠이훠이
또 한 사람 오시네
검붉게 익은 얼굴
찐 옥수수 한가득
뜨거운 함지박 머리에 이고
햇볕은 쨍쨍
모래알은 반짝
한가로이 파도치는
외진 어촌 바닷가
드문 길손 쉬어가는
김밥 쉬어가는
망개떡 쉬어가는

오늘도 비

비가 오네
어제 그만큼 쏟아졌음 됐지
또 비가 오네

할 수 없지
오란다고 오고 가란다고 가지 않는 비
매사 그렇지

종일 올 건가, 비?
그래, 그런 마음도 있지
쏟아져라, 쏟아져!
울부짖는 봉두난발
폭우 속의 리어왕

오늘 나는 조금 시르죽었을 뿐
추적추적 내리는 비

우리 애틋한 소설가 김소진

1963. 12. 3~1997. 4. 22
향년 34
그렇게 젊었나!
하긴, 그 고아떤 순한 미소
선연히 떠오르는데
그대 간 지 벌써 20년
봄이었군
이맘때였군
이른 꽃은 지고
뒤이어 이 꽃 저 꽃
쏟아지듯 피어났겠군
그대, 우리말의 채집가
백화 만창 그 말들로
대한민국 억척 엄마들과 병석의 아버지들
가난한 누이들과 형제들
그들의 눈물과 웃음을
살뜰히 엮은 사람
그게 불과 6년이었나?
하, 그렇게 짧았나!

그럼에도 그 그림자
영영 선연할 듯 드리워져 있네
나 같은 사람은 종종 딴 세상에 있던 때
그대는 항상
이 땅, 이곳에 있었지
올해도 다시금 여기
산 자도 죽은 자도 위로하는
벚꽃 흐드러지고,
흩날리겠지
우리 애틋한 소설가 김소진……

장마를 견디는 법

오늘도 비!
날씨라고 비밖에 없네
내일도 비, 모레도 비, 글피도 비
어쩐지 평생을 비
세세토록 비
지구 끝까지 비

그래, 이게 낫다!
비가 아주 사라지는 것보다는
단 하루도
비 오는 날 없이 가는 것보다는

이렇게 또 한 여름이

여기 감수성 풍부한 이불이 있다
옷이 있다 헝겊이 있다 가죽이 있다
천장이 있다 벽이 있다 바닥이 있다

하늘이여, 누가 이기나 해보자는 건가?

여름 되자마자
장마, 또 장마
그 끝에 이틀
미친 비 꽐! 꽐! 꽐!
80년이라나, 100년이라나,
관측 후 최대 강수량이라지

실로 오랜만에
햇빛 쨍한 아침이다
너덜너덜 난파선에
생존자는 나뿐인 듯
토할 것 같은 햇빛!

옥상 저 끝까지

빈 화분이 굴러가

기억들처럼 나동그라져 있다

천 년 전에

우리 고양이들이랑 들여다보던

빨간 장미가 살았던 화분

화분을 가득 채웠던 흙이

이제 한 톨도 남아 있지 않겠지

네가 소중하지 않아서가 아니야

계속 비가 와서 그래

내일도 모레도

나동그라진 여름!

새의 눈

해는 새의 눈
모든 새의 눈
밤에는
부엉이 눈에
들어가 있지

슬픈 열대

어제도 그제도
고양이 밥 주지 말라고 시비 걸던 남자 노인
오늘도 난닝구 바람으로 나와 있네
나도 모르게 고개 치켜들고
그쪽 하늘 향해 미친 듯 소리 질렀네
"루저들 때문에 힘들어 죽겠어!
루저! 루저! 루저! 루저!
루저 없는 세상에서 살고 싶다구!"
내 서슬에
지나가던 청년 흠칫 쳐다보고
노인은 꼬리를 감췄네
세상에, 내가 이런 인간이구나!
칠십 줄에 가족 없이, 에어컨도 없이
하숙방에 사는 사람한테
아, 내가, 내 입에서!

루저가 루저한테 생채기 주고받는
열대의 밤

하얀 복도

예순 돼 보이는 아주머니 한 분이
병원 복도를 달린다
사나운 개에 쫓기는 계집애처럼
으흐응 느껴 울면서
오른손으로 눈물 닦으며
옆구리에 붙인 왼손 팔락팔락 휘저으며
종종종 달려간다
그 뒤에서 청년이 소리친다
"엄마, 이리 와아!
치매가 뭐 어때서 그래!?"
단걸음에 따라간 청년이
들썩이는 엄마 어깨를 잡아
되돌려 모셔 간다

광장

1. 하루

양팔이 뻐근하도록 먹을거리를 사 들고
롯데마트 서울역점을 나섰다
띄엄띄엄 노숙자들이 몸을 부리고 있는
계단을 다 내려가니
세상에, 해 떨어진 지 언젠데
어둑한 광장에 비둘기들이
종종걸음으로 배회하고 있다
무지막지 무거운 봉투를 발치에 내려놓고
나는 과자 봉지를 하나 꺼내 뜯었다
비둘기들이 어린애처럼 설레며 모여들었다
그 잠시 사이
필시 버스에서 내려 지하철로 갈아타려고 걷던 중일
마흔 줄 남자가 멈춰 쇳소리를 냈다
"거기 밥 주지 마요! 벌금인 거 몰라요?"
그 남자는 '아, 왜 말을 안 들어?' 하는 듯 눈살을 찌푸
렸는데
참 말 잘 듣게 생긴 얼굴이었다

'그런 말은 당신이나 잘 들어! 갈 길 가시지!'
그 남자 행색이 후줄근해
더 미웠다.

2. 또 하루

먹다 남은 빵 조각 잘게 뜯어
불온 삐라이기라도 한 듯
둘레둘레 주위를 살핀 다음
재빨리 살포하고 현장을 떠난다
세상에!
비둘기한테 '유해'라는 딱지를 붙이다니
세상에, 비둘기한테 먹을 걸 주면
벌금을 물린다니

'유해' 생명체들이 예제서
정신 줄 놓고 헤매거나
졸고 있다

봄기운

도무지 끝날 것 같지 않은 긴 겨울 끝,
된통 앓았던 폐가 여태도 욱신거린다.

햇살 달콤히 달아오르면
백화 만발해 산지사방 꽃향기 흐드러지면,
가슴속 저 깊이 웅크리고 있는
가령
늦가을에 태어나
길에서 겨울을 나고
벚꽃 피기 전에 죽은 고양이
기지개를 켜고 일어나
사뿐히 튀어 나가리
그랬으면 좋겠다
얼마나 좋을까, 짙은 그 볕 속에서
한 번이라도 뒹굴거리게 할 수 있다면!

물론 나는
죽은 고양이를 걱정하지 않는다
죽은 사람을 걱정하지 않는 것처럼

죽은 사람……

죽은 사람들……

문득 그립다

행복한 노인

어두컴컴하고 좁은 주방이 딸린 단칸방 집이다
노인은 자부심에 찬 목소리로 말했다
"우리 집사님이 음식을 아주 맛있게 해.
어찌 이렇게 맛있게 하냐고 물었더니
잘사는 집에서 집사님이
오래도록 일을 했다는 거야."

"집사님이랑 보살님이 친해.
서로 참 위해주지."
보살님은 일주일에 닷새, 하루 세 시간
노인 집에 오는 요양 보호사다
70세가 넘었다

집사님도 보살님도 키가 작고
빼짝 말랐다
노인 역시 키가 작고,
한쪽 다리를 절지만
뺨이 발그레하고 통통하다

후회는 없을 거예요

후회 가득한 목소리로
오, 오, 오오, 여가수가 노래한다
남겨진 여자가 노래한다
마음을 두고 떠난 여자도 노래한다
후회로 파르르 떠는 노래를 들으며
나는 인터넷 벼룩시장에서
마사이 워킹화를 산다
판매 글 마지막에 적힌
'후회는 없을 거예요'
그 한 구절에 결정했다
일전엔 돌체앤가바나 손목시계를 샀다
작년 여름엔 소니 디지털카메라를 샀다
나를 무장해제시키는,
후회는 없을 거예요
벌써 후회하는 듯한,
후회는 없을 거예요
서글픈 목소리로 나직이,
후회는 없을 거예요
그 시계와 카메라는 상자째

서랍 안에 있다

후회는 없다
오, 오, 오오~

11월

가게들이 다퉈 문을 닫고
상호를 바꾼다네
이 거리에서 잘나가는 곳은 간판집뿐
그래서 우후죽순 간판집이 들어섰다네
간판집도 하나둘 문을 닫네
어떤 이는 절도를 하고
어떤 이는 구걸을 하네
육이오 참전 용사 노인은
폐지와 빈 병을 줍네
가방을 든 여인이 가가호호
이 땅에 공의가 이뤄지는 세상이 온다는 소식을
기쁜 목소리로 전하네
"도대체 왜 그러는 거야!?
어디까지 가자는 거야!?"
실연한 처녀들은 여전히
길거리에서 휴대폰에 대고 소리치며 울고
늦도록 단풍 들지 않은 가로수 이파리들
흔들바람에 요동치며 쏟아지네

어떤 저녁

"그냥 오라니까!
이런 거 들고 오느라 부담되니까
자주 못 오는 거 아니야!"
베지밀 박스를 와락 밀치며
그러나 길게 노여워도 못 하시네요
막내딸 잃고 혼자 지내시는 친구 어머니
뵈러 가는 발길 한 해 한 해
뜸해집니다

"잘 때 안방에만 보일러 틀어
이부자리 깔아놓으니까
온종일 뜨뜻해"
그렇군요, 온종일
혼자 누워 계시다 혼자 앉아 계시고
혼자 서성거리시고
혼자 텔레비전 보시고
혼자 말씀하시는,
그 방에 들어가지 못하고
나는 굳이 거실에 앉습니다

천장 한편 형광등이
흐린 빛을 떨구는 소파에
살짝 진저리 치며 가라앉습니다

노인 대학에라도 나가시라 언젠가 말씀드렸더니
당신은 늙은이들이 싫다셨지요
그 뒤 또 언젠가는
기력이 딸려 자원봉사 병원 일도 그만뒀다 하셨지요
"이제는 상갓집에 잘 안 가
늙어서 그런 데 가니까 창피스러워
죄 젊은 사람들이 죽고"
아, 보일러 좀 돌리시지
살짝 진저리 치며 싱겁을 좀 떨었습니다
"저도 결혼식에 잘 안 가요
죄 젊은 사람들이 결혼하구"
"응? 뭐라구 그랬어? 내가 잘 못 들어서"
당신은 미안한 얼굴로 아기처럼 웃으며
손을 쫑긋 갓다 댄 귀를 제 쪽으로 기울이십니다
나는 웃으며 "아니에요"라고……

고개를 저으며
"아니에요, 아니에요"라고……
당신은 갸우뚱, 잦아드십니다

으레,
당신과 나는 길 건너 식당에서
설렁탕이나 비빔밥을 먹습니다
도통 밥맛을 모르겠다며 당신은
뚜껑에 밥 몇 술을 덜어낸 뒤 밥주발을
내 쪽으로 밀고 나는 당신 딸인 양
바짝 짜증이 나지요
그리고 당신은 밥값을 내겠다 고집하십니다
내가 당신 딸이 아니기에

더 어둑해진 길을 되짚어 와
아파트 어스름 출입문 앞에 두고 온
당신의 뒷모습이나 앞모습
허둥지둥 저녁을 마무리하는,
자주 찾아뵙겠다는 내 약속

더는 믿지 않으실 테지만
당신은 황황히 나를 놓아주셨지요
가랑잎처럼 납작한
친구 어머니.

수수께끼

아무리 많아도 많은 줄 모르겠고
단 하나라도 적은 줄 모르겠는 것
무엇일까요?
무엇일까요?

바로 바로,
고양이!
고양이예요

고양이, 고양이, 이상한 고양이
아무리 많아도 많은 줄 모르겠고
단 한 마리라도 적은 줄 모르겠어라

고양이를 알지 못하는 당신은
다른 답을 댈 테지요
아무리 많아도 많은 줄 모르고
단 하나라도 적은 줄 모를 것?
당신은 쑥스러운 얼굴로 중얼거릴라나요
사랑이어라~

입동

12월은 따뜻했으면
1월도 2월도
3월도 그랬으면

4월부터는 좀 추위도 괜찮아

밤에 사는 사람들

고종석

　변하는 것 속에 변하지 않는 것이 있고, 변하지 않는 것 속에 변하는 것이 있다. 그것이 만유루없이 존재와 사태를 다스리는 세상의 규율이다. 어떤 존재나 사태 안에서는 변하는 것이 이기고, 또 다른 존재나 사태 안에서는 변하지 않는 것이 이긴다. 진다고 해서 아예 사라지는 것은 아니다. 지는 것은 끈질기게 살아남아, 이기는 것에 간섭한다. 황인숙의 시 세계에서는 변하지 않는 것이 이긴다. 그의 첫 시집 『새는 하늘을 자유롭게 풀어놓고』(1988)를 읽은 사람이라면, 이번 시집 『내 삶의 예쁜 종아리』를 읽으며 어슴푸레한 익숙함을 느낄 것이다. 그것은 황인숙의 냄새다. 우리 시인의 변함 없는 향기다. 1984년 문단에 나온 이래 40년 가까운 시작 활동을 하는 동안, 우리 시인의 세계는 크게 변하지 않았다. 이것은 시인을 폄훼하는 말이 아니다. 그의 시들이 천편일률이라는 말이 결코 아니다. 외려 그 반대다. 그는 랭보와 아폴리네르와 많은 천재 시인들이 그랬듯, 이미 젊은 시절 자신만의 완미하고 원숙한 시 세계를 구축해놓았다. 그런데 황인숙의 시 안에서 변하는 것들은 변하지 않는 것들에 끊임없이 간섭한다. 그것이 황인숙의 시들을 '입체적'으로 만든다. 그의 시들은 '스테레오타입'이 아니라 '스테레오'다. 틀에 박힌 것들이 아니라, 입체음향들이거나 입체사진들이다. 그리고 황인숙은 그 입체적 시 세계를 '약한 것들' '사라져가는 것들'과 함께 끈기 있게 일구고 다져왔다. 입체는 고스란히 되풀이되기는커녕 끊임없이 새 얼굴을 보여준다. 그래서 황인숙의 시들은 익숙하면서도 낯설다. 첫 시집만 내고 절필했거나 요절했다면, 황인숙은 지금 '천재 시인'으로 기억되고 있을 것이다. 이상이 부분적으로 요절 덕분에 '천재 시인'으로 대접받는 것과는 사뭇 다른 차원에서. 황인숙은 다른 사람들이 못 보는 것을 보는 '견자la Voyante'이기도 하고, 다른 사람들이 못 듣는 것을 듣는 '청자'Entendante'이기도 하다. 다만, 그는 랭보와 달리 일찍 절필하지도 않았고, 아폴리네르와 달리 일찍 죽지도 않았다. 그리하여, 절필하지 않고 오래 산 문학적 재능들을 천재라 부르지 않듯, 우리는 황인숙도 천재라 부르지 않는다.

일찍이 완미하고 원숙하게, 입체적으로 구축된 황인숙의 시 세계는 그렇다면 무엇인가? 한마디로, 감각과 윤리의 향연이다. 그것은, 형식적으로는, 시니피앙들과 시각 이미지들이 극도의 자유자재로 공중제비를 하며 놀아나는 놀이터다.

소쉬르에 따르면 시니피앙은 소리가 아니라 청각 이미지, 곧 소리 이미지다. 그러니까 그것은 흔히 오해되듯 물리적인 것이 아니라, 시니피에와 마찬가지로 심리적인 것이다. 시집 『내 삶의 예쁜 종아리』에서, 황인숙의 시니피앙들은 그가 젊었을 때와 똑같이 발랄하고 생기있다. 입체음향(의 이미지)! 우리 시인은 제 시니피앙들을 세계의 수면 위로 힘껏 내던지는 물수제비뜨기의 달인이다. 그는 자신의 마음속에 새겨진 청각 이미지들을 날렵하게 꺼내 독자들에게 송이송이 들려준다. 그의 'ㄹ'은 재잘거리고 나풀거리고 깔깔거린다. 그의 'ㅇ'은 퐁당거리고 깡충거리고 싱싱하게 낭창거린다. 예컨대,

부글부글 부글거리며
눈이 부글부글
부글거리며 끝없이 밀려와 쌓여
붕붕 바람을 타고
쌩쌩 바람을 타고

같은 시구가 그렇다.

시각 이미지도 여전히 싱그럽고 공교하다. "햇빛이 하얗게 내려 쌓이고"(「대로의 모차르트」)나, "양광陽光에 발가벗겨진/앙상한 회백색 몸뚱이들"(「빈자貧者의 숲」)이나, "옥상 저 끝까지/빈 화분이 굴러가/기억처럼 나둥그라져 있다"(「이렇게 또 한 여름이」)나, "머리꼭지 위에서/해가 이글이글/키 큰 사람도 키 작은 사람도/똑같이 뭉툭 그림자/발치에 모여 있는 시간"(「길─여름」) 같은 시구들을 보라! 입체사진(의 이미지)! 시각 이미지를 이렇게 장인의 솜씨로 만들어낼 때, 우리 시인은 특급 입체파 화가다. 그러니까 형식적으로, 황인숙은 청각 이미지들과 시각 이미지들로 마법을 부리는 감각의 시인이다.

내용적으로, 황인숙의 시 세계는 약자에 대한 연민과 연대에 떠받쳐져 있다. 황인숙의 시적 화자들은 약자의 눈으로 세상을 바라보고, 약자의 귀로 세상을 듣는다. 그 약자는 서민이고, 이주 노동자고, 고양이고 비둘기다. 『내 삶의 예쁜 종아리』에서, 그 약자-서민은 더러 '밤에 사는 사람들'로 표현된다.

심야 편의점 알바 청년이

어디 사는지 나는 모른다
그도 단골인 내가 어디 사는지 모른다
우리는 밤에 산다

청소차 꽁무니에 한 발 올려놓고
매달려가는 미화원
연둣빛 형광 조끼 안에 살지 않는다
어디 사는지 모른다
우리는 밤에 산다

어둠 속에서 기척 없이 다가와
앞을 가로막고 선 오토바이
기함을 하는 내게 "허허!" 웃으며
신문을 건넨다
신문 배달원은 내가 어디 사는지 안다
나는 그가 어디 사는지 모른다
얼굴도 모른다 어둠 속에서만 만나서
그도 내 얼굴을 모를 텐데
어찌 그리 잘 알아볼까
우리는 밤에 산다

—「어디 사는지 모른다」 부분

밤에 집 밖에서 생업에 종사해야만 하는 서민들에게

지난여름들의 폭우는, 특히 밤 폭우는 매우 힘들었을 것이다. (뒤에서 언급하겠지만, 시인이 밤에 사는 것은 생업을 위해서가 아니라 고양이를 돌보기 위해서다.) 그래서,

하늘이여, 누가 이기나 해보자는 건가?

여름 되자마자
장마, 또 장마
그 끝에 이틀
미친 비 꽐! 꽐! 꽐!
80년이라나, 100년이라나,
관측 후 최대 강수량이라지
　　　　　　　　　　　──「이렇게 또 한 여름이」 부분

라거나,

비가 오네
어제 그만큼 쏟아졌음 됐지
또 비가 오네

할 수 없지
오란다고 오고 가란다고 가지 않는 비
매사 그렇지

──「오늘도 비」 부분

라거나,

오늘도 비!
날씨라고 비밖에 없네
내일도 비, 모레도 비, 글피도 비
어쩐지 평생을 비
세세토록 비
지구 끝까지 비

──「장마를 견디는 법」 부분

같은 시구가 나온다. 황인숙에게 장맛비는 낭만의 질
료가 아니라 현실의 장애물이다. 그런 모지락스러운 비
는 어떤 달관을 낳기도 한다.

그래 이게 낫다!
비가 아주 사라지는 것보다는
단 하루도
비 오는 날 없이 가는 것보다는

──「장마를 견디는 법」 부분

피할 수 없다면 즐기겠다는, 체념과 낙관의 태도다.

　황인숙의 시적 화자들을 포함한 그 서민들은 매우 건
강한 시민 의식을 지녔다. 황인숙은 묘두현령의 뜰을 고
유명사 자격으로 때깔 좋게 배회하며 으스대던 '노동시'
나 '민중시'의 영향을 전혀 받지 않고 질풍노도의 1980년
대와 그 이후 시대를 거뜬하게 살아왔다. 그러나 그의
시들은 그 시기에 나온 어떤 노동시들이나 민중시들 못
지않게 서민 친화적이다. 현실 사회주의의 몰락은 보편
계급으로서의 조직된 프롤레타리아를 속절없이 부정하
는 것이었으므로, 개별적 도시 빈민에게 친화적인 황인
숙의 시들은 역사적으로, 그리고 정치적으로 올바르기
도 하다. 그 서민-시민의 눈과 귀에, 사라져가는 것들이
애달프게 꽂힌다.

　　30롤 화장지 세트 쌓여 있던
　　가게 앞 매대가 텅 비었다
　　내가 그토록 좋아하는
　　껍질땅콩도 일주일 지나도록 안 들여놓고
　　선반 여기저기
　　어딘가 점점 단출해지더니
　　가게를 내놨단다
　　　　　　　　　　　　　──「또 사라져가네」 부분

라거나,

> 찻길 한가운데
> 맨홀과 어긋난 뚜껑 위를
> 어떤 차는 철컥, 어떤 차는 털컥,
> 어떤 차는 헐컥, 지나가네
> 비로소 나도 지나간다
> 저 소리 노상 드나들던
> 식당 하나 지나가고
>
> ──「지나간다」 부분

같은 데서 그러하다.

시인은 여항 일각에서 '고양이들의 수호성인'이라고
불릴 만큼 고양이들과의 일화를 시적으로 자주 형상화
해왔거니와, 죽은 고양이를 추억하는 「아까운 밤이 간
다」는, 고요한 밤에 마주친 어떤 가난한 이를 추억하는
「동자동, 2020 겨울」과 함께, 이 시집에서 가장 처연하
고 슬픈 시라 할 것이다.

> 복아, 옛날에 명랑이랑
> 말을 꺼내다 울컥

창밖엔 북풍이 윙윙거리고

제니를 물어뜯으러 달려가는 보꼬를 붙잡아

목덜미를 턱으로 내리누르고

난롯가에 엎드려서

앙알대는 보꼬를 다독거리며

복아, 옛날에 명랑이랑

(란아랑 오순도순

난롯가에 퍼질러 누워서

우리 좋았잖아)

말 꺼내다 울컥

(그러니까 복아,

제니랑도 그렇게)

이 밤도 가겠지

이 밤도 그립겠지

                       ——「아까운 밤이 간다」 전문

친구도 없고 가족도 없고

없는 게 많을 당신

통장도 신용카드도 없을 당신

환하게 불 밝혀진

텅 빈 ATM 창구에서

현금 봉투를 챙기는 당신을 떠올려본다

뭘 원해야 할지도 모를 것 같은

당신의 슬픈 경제

———「동자동, 2020 겨울」부분

시인의 등단 작품이 「나는 고양이로 태어나리라」였던 것은 어쩌면 이런 미래를 예시한 무의식적 복선이었을지도 모른다. 앞서 거론했듯, 이 시집에 실린 어떤 시들의 화자들이 '밤에 사는 사람'이 된 연유도, 그들이 동네 고양이들을 돌보고 있기 때문이다. 그 돌봄의 와중에 그들은 또 다른 '밤에 사는 사람들'을 만난다. 가난하고 정직한 사람들을. 화자는 그 사람들을 정겹게 바라보고 서럽게 엿듣는다. 그리고 그의 눈과 귀에 담긴 풍경들을 독자에게 보여주고 들려준다. 황인숙은 내용적으로 윤리의 시인이다.

황인숙의 시 세계가 시인의 젊은 시절부터 완미하고 원숙하고 입체적이었다는 것은 아무리 강조해도 부족하지만, 우리 시인에게는 지나침을 피할 줄 아는 절제가 있었다는 점도 꼭 지적해야겠다. 앞선 시집들의 시들이 그렇듯, 『내 삶의 예쁜 종아리』에 실린 시들의 태반은 황인숙 특유의 미의식, 그러니까 절제된 탐미주의나 완화된 감각주의를 보여준다. 그의 탐미주의나 감각주의는 절대로 파괴주의나 악마주의로 나동그라지지 않는다.

예컨대,

길에도 나무에도
눈이 펑펑 내려 쌓여
눈이, 눈이 내리고 싸여
발이 푹푹 빠지는 밤
이렇게 눈이 와서 아름다운데
이렇게 눈이 와서 부를 수 없네
그래!
얼른 나가보라 전화해야지
너 사는 집에도 눈이 오겠지
밤이 푹푹 빠지는
눈이 펑펑 쏟아지겠지

　　　　　　　　　──「발이 푹푹 빠지는 밤」 전문

같은 시가 전형적이다.
그리하여 황인숙은, 절제하며 절치부심하는 보들레르다.

이 또한 지나갈까
지나갈까, 모르겠지만
이 느낌 처음 아니지
처음이긴커녕 단골 중에 상단골

슬픔인 듯 고통이여, 자주 안녕
고통인 듯 슬픔이여, 자꾸 안녕

—「Spleen」 전문

청각 이미지와 시각 이미지를 능숙하게 농단하거나
간종그릴 줄 아는 황인숙이 방일의 선을 넘지 않고 절제
된 탐미주의자나 완화된 감각주의자가 된 것은, 그리하
여 절제하며 절치부심하는 보들레르가 된 것은, 이미 그
의 첫 시집에서부터였다. 되풀이하자면 황인숙은 첫 시
집부터 감각의 시인이었던 것만이 아니라 윤리의 시인
이기도 했다. 어쩌다 그에게 그런 일이 일어났을까? 황
인숙의 생이, 딴 많은 이의 생이 그러하듯, 고단하고 엄
숙하기 때문일 것이다.

내가 사는 동네에는 오르막길이 많네
게다가 지름길은 꼭 오르막이지
마치 내 삶처럼

—「내 삶의 예쁜 종아리」 부분